D0952864

Título original: *The Seeing Stone*

Traducción: Carlos Abreu

Diseño del libro: Tony DiTerlizzi y Dan Potash

1.ª edición: marzo, 2004

Publicado originalmente en Estados Unidos por Simon & Schuster Books for Young Readers, marca registrada de Simon & Schuster.

© 2003, Tony DiTerlizzi y Holly Black
© 2003, Ediciones B, S.A.
  en español para todo el mundo
  Bailén, 84 - 08009 Barcelona (España)
  www.edicionesb.com
  www.edicionesb-america.com

ISBN: 84-666- 1280-7

Impreso en los Talleres de Quebecor World

SPIDERWICK
LAS CRÓNICAS

EL ANTEOJO ASOMBROSO

Tony DiTerlizzi y Holly Black

Traducción de Carlos Abreu

EDICIONES B
GRUPO ZETA

Barcelona • Bogotá • Buenos Aires • Caracas • Madrid • México D. F.
Montevideo • Quito • Santiago de Chile

Para mi abuela Melvina, que me aconsejó
que escribiera un libro como éste, y a quien
le dije que nunca lo haría
H. B.

Para Arthur Rackham: que continúe
inspirando a otros como
me ha inspirado a mí
T. D.

Índice de Contenidos

Índice de Ilustraciones

Querido lector:

Tony y yo somos amigos desde hace años, y
siempre hemos compartido cierta fascinación por
la literatura fantástica. No siempre habíamos
sido conscientes de la importancia de esa
afinidad ni sabíamos que sería puesta a prueba.

Un día, Tony y yo —junto con varios otros
autores— estábamos firmando ejemplares en una
librería grande. Cuando terminamos, nos quedamos
para ayudar a apilar libros y charlar, hasta
que se nos acercó un dependiente y nos dijo que
alguien había dejado una carta para nosotros.
Cuando le pregunté exactamente a quién iba
destinada, su respuesta nos sorprendió.

—A vosotros dos —señaló.

La carta aparece transcrita íntegramente en
la siguiente página. Tony se pasó un buen rato
contemplando la fotocopia que la acompañaba.
Luego, en voz muy baja, se preguntó dónde
estaría el resto del manuscrito. Escribimos una
nota a toda prisa, la metimos en el sobre y le
pedimos al dependiente que se la entregase a
los hermanos Grace.

No mucho después alguien dejó un paquete
atado con una cinta roja delante de mi puerta.
Al cabo de pocos días, tres niños llamaron al
timbre y me contaron esta historia.

Lo que ha ocurrido desde entonces es difícil
de describir. Tony y yo nos hemos visto
inmersos en un mundo en el que nunca creímos
realmente. Ahora sabemos que los cuentos de
hadas son algo más que relatos para niños. Nos
rodea un mundo invisible, y queremos desvelarlo
ante tus ojos, querido lector.

HOLLY BLACK

Queridos señora Black y señor DiTerlizzi:

Sé que un montón de gente no cree en los seres sobrenaturales, pero yo sí, y sospecho que ustedes también. Después de leer sus libros, les hablé a mis hermanos de ustedes y decidimos escribirles. Algo sabemos sobre esos seres. De hecho, sabemos bastante.

La hoja que adjunto es una fotocopia de un viejo libro que encontramos en el desván. No está muy bien hecha porque tuvimos problemas con la fotocopiadora. El libro explica cómo identificar a los seres fantásticos y cómo protegerse de ellos. ¿Serían tan amables de entregarlo a su editorial? Si pueden, por favor metan una carta en este sobre y devuélvanlo a la librería. Encontraremos el modo de enviarles el libro. El correo ordinario es demasiado peligroso.

Sólo queremos que la gente se entere de esto. Lo que nos ha pasado a nosotros podría pasarle a cualquiera.

Atentamente,

Mallory, Jared y Simon Grace

EL DEPÓSITO
DE CHATARRA

EL
CAMPAME

EL
PUENTE

ESTANCIA
SPIDERWICK

CALLE DE LOS SERBALES

AVENIDA DULAC

LA
ARBOLEDA

El ambiente era tan sombrío como su estado de ánimo.

Capítulo uno

Donde se pierde algo
más que un gato

Jared Grace bajó del último autobús de la
tarde en la parte baja de su calle. Desde
allí debía subir una cuesta para llegar a la vieja y ruinosa casa donde vivía con su familia
mientras su madre buscaba algo mejor o hasta que su anciana y loca tía decidiese instalar-
se en ella de nuevo. Las hojas rojas y doradas
de los árboles que rodeaban la casa hacían
que el gris de las tejas pareciese aún más lú-
gubre. El ambiente era tan sombrío como su
estado de ánimo.

1

No podía creer que lo hubiesen dejado castigado después de clase tan pronto.

Y no es que no se esforzara por congeniar con los otros chicos. El problema era que no se le daba bien. Sin ir más lejos, ese mismo día había sido un desastre. Bueno, sí, había estado dibujando un duende mientras la profesora hablaba, pero estaba prestando atención. Más o menos. Y claro, la profesora no tenía que haber levantado el dibujo para enseñárselo a toda la clase. Después de eso, sus compañeros no lo habían dejado en paz. Antes de darse cuenta de lo que hacía, estaba rompiéndole la libreta a un chico.

Había tenido la esperanza de que las cosas marchasen mejor en ese colegio, pero desde el divorcio de papá y mamá las cosas habían ido de mal en peor.

Jared entró en la cocina. Simon, su hermano gemelo, estaba sentado a la vieja mesa rústica delante de un plato hondo de leche. Todavía no ha-

bía probado bocado. Levantó la vista hacia Jared.

—¿Has visto a *Tibbs*?

—Acabo de llegar a casa. —Jared abrió la nevera y tomó un trago de zumo de manzana. Estaba tan frío que le dolió la cabeza.

—Bueno, y ¿la has visto fuera? —preguntó Simon—. La he buscado por todas partes.

Jared sacudió la cabeza. La estúpida gata le traía sin cuidado. Era el miembro más reciente de la colección de animales de Simon. Otro engorro de bicho que mendigaba comida y caricias y que se le subía al regazo de un salto cuando estaba ocupado.

Jared no sabía por qué él y Simon eran tan distintos. En las películas los gemelos tenían poderes, y se leían la mente el uno al otro con sólo mirarse. Desgraciadamente, lo máximo que podían hacer los gemelos en la vida real era llevar pantalones de la misma talla.

Su hermana Mallory bajó corriendo las escaleras, cargando con una bolsa alargada. Las empuñaduras de sus espadas de esgrima sobresalían de un extremo.

—¡Eh, enhorabuena por tu castigo, chalado! —Mallory se echó la bolsa al hombro—. Al menos esta vez no has acabado con la nariz rota.

«¡Eh, enhorabuena por tu castigo, chalado!»

—No se lo cuentes a mamá, ¿de acuerdo, Mallory? —pidió Jared.

—Como quieras. De todos modos acabará enterándose. —Mallory se encogió de hombros y salió al jardín. Su nuevo equipo de esgrima era aún más competitivo que el anterior. A Mallory le había dado por practicar en todos sus ratos libres. Su entusiasmo rayaba en la obsesión.

—Voy a la biblioteca de Arthur —le dijo Jared a su hermano, y comenzó a subir las escaleras.

—Pero tienes que ayudarme a encontrar a *Tibbs*. Estaba esperando que llegases a casa para buscarla juntos.

—No «tengo que» hacer nada —repuso Jared, subiendo los escalones de dos en dos.

En el pasillo de la planta de arriba, abrió el armario de ropa blanca y se metió en él. Detrás de las pilas de sábanas amarillentas y llenas de bolas de naftalina, se encontraba la puerta que daba a la habitación secreta de la casa.

Estaba en penumbra, pues no había más luz
que la que entraba por la única ventana, y olía a
humedad y a polvo. Las paredes estaban recu-

biertas de libros carcomidos. En el centro de la habitación había un escritorio enorme sobre el que descansaban numerosos papeles viejos y tarros de vidrio. Era la biblioteca de su tío tatarabuelo Arthur. El rincón favorito de Jared.

Echó un vistazo al cuadro colgado sobre la entrada. El retrato de Arthur Spiderwick lo observaba con sus ojillos parcialmente ocultos tras las pequeñas gafas redondas. Aunque Arthur no parecía muy viejo, tenía los labios marchitos y un aire chapado a la antigua. Desde luego no presentaba el aspecto de alguien que creyese en las hadas.

Jared abrió el primer cajón del lado izquierdo del escritorio y sacó un libro envuelto en un trozo de tela: El *Cuaderno de campo del mundo fantástico*, por Arthur Spiderwick. El cuaderno refería con todo detalle las costumbres y hábitats de los seres sobrenaturales. Aunque hacía pocas semanas que lo había encontrado, Jared había llegado a considerarlo suyo. Casi nunca se desprendía de él y a veces incluso lo ponía debajo de la almohada antes de dormir. La única razón por la que no lo llevaba consigo al colegio era que temía que alguien se lo quitase.

Oyó un ruido sordo procedente de la pared.

—¿Dedalete? —dijo Jared en voz baja.

Nunca sabía muy bien si el duende de la casa andaba por ahí.

Jared colocó el libro junto a su último proyecto: un retrato de su padre. No había hablado del asunto con nadie, ni siquiera con Simon. No le estaba quedando muy bien. De hecho, le estaba quedando fatal. Sin embargo, el cuaderno era para consignar datos en él, y si deseaba hacerlo bien debía aprender a dibujar. Aun así, después de la humillación que había sufrido aquel día, no le apetecía tomarse la molestia de continuar con el retrato. A decir verdad, tenía ganas de hacerlo trizas.

—Aquí huele a gato encerrado —le dijo una vocecita al oído—; más vale ir con cuidado.

Se volvió rápidamente para ver a un hombrecillo de piel morena vestido con una camisa y unos pantalones que parecían hechos para un muñeco, a partir de un calcetín. Estaba de pie sobre uno de los estantes, a la altura de los ojos de Jared, sujetando una hebra de hilo. En lo alto de la estantería, Jared avistó el destello de una aguja plateada que el duende había utilizado para descender en rappel.

—¿Qué pasa, Dedalete? —dijo Jared.

—Cuando vayan a por ti yo te diré: «Te lo advertí.»

—¿Qué?

—Te advertí que del libro te olvidaras. Por no hacerme caso, las pagarás muy caras.

—Siempre dices lo mismo —replicó Jared—. ¿Y ese calcetín que recortaste para hacerte tu traje te salió muy caro? No me digas que pertenecía a tía Lucinda.

—Ahórrate esas burlas atroces. Aprende a temer lo que no conoces.

Jared suspiró y se dirigió hacia la ventana. Desde allí alcanzaba a ver todo el patio trasero. Mallory, cerca de la cochera, lanzaba estocadas al aire con su florete. Más lejos, junto a la derruida valla de tablones que separaba el jardín del bosque cercano, estaba Simon, haciendo bocina con las manos, seguramente para llamar a su estúpida gata. Más allá, la espesa arboleda tapaba la vista. A lo lejos, una carretera discurría por el bos-

DEDALETE

11

que, como una serpiente negra entre la hierba alta.

Dedalete se aferró al hilo y se balanceó hasta el alféizar. Iba a decir algo, pero finalmente se quedó mirando hacia fuera, como sorprendido, hasta que por fin dijo:

—Trasgos a la vista, y hay que ser realista: muy tarde te he advertido, ahora ya estás perdido.

—¿Dónde?

—Junto a la valla, ¿es que la vista te falla?

Jared achicó los ojos y miró en la dirección que le señalaba el duende. Allí no había nadie más que Simon, que estaba muy quieto, examinando el césped de un modo extraño. Jared vio horrorizado que su hermano empezaba a forcejear. Simon se retorcía y arremetía, pero... ¿contra qué? Allí no había nada...

—¡Simon! —Jared intentó abrir la ventana, pero estaba clavada al marco. Comenzó a golpear el cristal.

Entonces Simon cayó al suelo y, acto seguido, desapareció.

—¡No veo nada! —le gritó Jared a Dedalete—. ¿Qué está pasando?

Los negros ojos del duende relampaguearon.

—Lo había olvidado, no me acordaba; los ojos humanos no sirven de nada. Aun así, sea como sea, puedo conseguir que veas.

—Te refieres a la Visión, ¿verdad?

El trastolillo asintió.

—¿Y cómo puede ser que te vea a ti y a los trasgos no?

—Podemos elegir mostrarte lo que queremos enseñarte.

Jared tomó el cuaderno y comenzó a pasar las páginas que se sabía prácticamente de memoria; bocetos, acuarelas y anotaciones escritas con la letra irregular de su tío.

—Aquí está —dijo Jared.

El pequeño duende, visiblemente agitado.

El trastolillo dio un salto desde la ventana a la mesa.

La página sobre la que Jared había posado los dedos mostraba diferentes maneras de conseguir la Visión. La repasó rápidamente: tener el cabello rojo, ser el séptimo hijo de un hijo séptimo, rociarse con agua del baño de un hada... Se detuvo en el último punto y levantó la vista hacia Dedalete, pero el pequeño duende, visiblemente agitado, señalaba la parte inferior de la página. La ilustración mostraba claramente una piedra con un agujero en el centro, semejante a un anillo o a una rosquilla.

—Con esta piedra es posible avistar lo invisible —aseguró Dedalete, saltando del escritorio, y corrió por el suelo hacia la puerta del armario de ropa blanca.

—No hay tiempo para ponerse a buscar piedras —protestó Jared, pero ¿qué otra cosa podía hacer sino seguirlo?

Olía a gasolina y a moho.

Capítulo dos

Donde se suceden varias cosas, incluida una prueba

Dedalete recorrió el patio a toda velocidad, saltando de sombra en sombra. Mallory continuaba practicando esgrima contra la pared de la vieja cochera, de espaldas al sitio donde había desaparecido Simon.

Jared le dio un tirón al cable de los auriculares de su hermana para quitárselos. Ella se volvió y le apuntó al pecho con el florete.

—¿Qué pasa?

—¡Los trasgos se han llevado a Simon!

Mallory recorrió el patio con la vista.

—¿Los trasgos?

—¡Venga, daos prisa —sonó la voz de Dedalete, tan chillona como la de un pájaro—, que no
es cosa de risa!

—Vamos —Jared señaló la cochera, donde el
pequeño duende los esperaba—, antes de que
vuelvan.

—¡Simon! —gritó Mallory.

—Cállate. —Jared la tomó del brazo, tiró de
ella hacia el interior de la cochera y cerró la puerta a su espalda—. Te van a oír.

—¿Quiénes me van a oír? —quiso saber Mallory—. ¿Los trasgos?

Jared no le hizo caso.

Ninguno de los dos había estado ahí dentro
antes. Olía a gasolina y a moho. Había un viejo coche negro cubierto con una lona. Las paredes estaban recubiertas de estantes repletos
de botes de hojalata y de frascos de conservas
llenos hasta la mitad de líquidos marrones y

amarillos. Incluso había compartimentos donde se debían de guardar los caballos hacía mucho tiempo. En un rincón se alzaba una pila de cajas y cofres de cuero.

Dedalete subió de un brinco a una lata de pintura y gesticuló hacia las cajas.

—¡Deprisa, deprisa! ¡Que los talones nos pisan!

—Si los trasgos se han llevado a Simon, ¿por qué estamos hurgando en la basura? —preguntó Mallory.

—Mira —dijo Jared, mostrándole el dibujo de la piedra en el libro—. Buscamos esto.

—Oh, genial —repuso ella—. Cualquiera encuentra eso entre todo este desorden.

—Calla y busca, ¿quieres? —apremió Jared.

El primer baúl contenía una silla de montar, bridas, almohazas y otros utensilios para el cuidado de los caballos. A Simon le habrían fascinado. Jared y Mallory abrieron juntos la siguiente caja.

Estaba llena de herramientas viejas y oxidadas. Había también unas cuantas cajas que contenían cubiertos envueltos en toallas sucias.

—Por lo visto tía Lucinda nunca tiraba nada —observó Jared.

—Aquí hay otra —suspiró Mallory, arrastrando un cajón de madera. La tapa se deslizó a lo largo de unas ranuras polvorientas, dejando al descubierto un montón de papeles de periódico arrugados.

—Mira qué antiguos son —comentó Mallory—. La fecha de éste es de 1910.

—No sabía que en 1910 hubiera periódicos —dijo Jared. Cada hoja recubría un objeto diferente. Jared desenvolvió una y dentro encontró un viejo par de binoculares, y en otra una lupa, con lo que las letras se veían enormes.

—Mira, ésta es de 1927. Son todos distintos.

Jared escogió otra hoja.

—Mira, «Niña ahogada en un pozo vacío». ¡Qué raro!

—Eh, escucha esto. —Mallory alisó una de las hojas de periódico—: «1885. Niño perdido. Las autoridades confirman su muerte por el ataque de un oso.» ¡Fíjate en el nombre del hermano superviviente! «Arthur Spiderwick.»

—¡Un momento! ¡Está ahí den-

La pieza ocular más extraña.

tro! —dijo Dedalete, trepando a la caja para meterse en ella. Cuando salió, tenía en las manos el anteojo más extraño que Jared hubiese visto.

Cubría solamente un ojo y se sujetaba a la cara con un clip ajustable a la nariz, dos correas de cuero y una cadena. Ensambladas sobre un cuero resistente, cuatro abrazaderas metálicas esperaban para sujetar algún tipo de lente. Pero lo más raro era la serie de lentes de aumento fijas a unos brazos articulados.

Dedalete se lo entregó a Jared, que lo examinó dándole vueltas entre los dedos. Después, el duende se sacó de detrás de la espalda una piedra lisa que tenía un agujero en el centro.

—La lente de piedra. —Jared alargó la mano para agarrarla.

Dedalete retrocedió un paso.

—Demuéstrame tu buena fe o no te la daré.

—No hay tiempo para juegos —protestó Jared, horrorizado.

—No tengas prisa, no seas obtuso y demuéstrame que le darás buen uso.

—Sólo la necesito para encontrar a Simon —le aseguró Jared—. Después te la devolveré inmediatamente.

Dedalete arqueó una ceja.

Jared lo intentó de nuevo.

—Te prometo que no dejaré que nadie la use, excepto Mallory... Bueno, y Simon. ¡Oh, vamos! Fuiste tú quien sugirió lo de la piedra desde un principio.

—Un niño humano es como una serpiente; promete mucho pero a veces miente.

Jared pensó en Simon y frunció el ceño. Notaba que la frustración y la ira se apoderaban de él. Apretó los puños.

—Dame esa piedra.

Dedalete no dijo nada.

—Dámela.

—Jared... —quiso refrenarlo Mallory.

Sin embargo, Jared apenas la oyó. Le zumbaban los oídos cuando extendió el brazo y asió a Dedalete. El pequeño duende se retor-

ció en su mano, adoptando bruscamente la
forma de una lagartija, una rata que le mordió
el dedo a Jared y una anguila resbaladiza que

se agitaba con violencia. No obstante, Jared era más grande y lo sujetó con fuerza. Al fin, la piedra cayó y golpeó el suelo con un ruido seco. Jared le puso el pie encima antes de soltar a Dedalete. El duende se esfumó mientras Jared recogía la piedra.

—No deberías haber hecho eso —dijo Mallory.

—Me da igual. —Jared se llevó el dedo mordido a la boca—. Tenemos que encontrar a Simon.

—¿Funcionará esa cosa? —preguntó Mallory.

—Ahora lo veremos. —Jared se colocó la piedra delante del ojo y se asomó a la ventana.

«Vienen hacia aquí.»

Capítulo tres

Donde Mallory hace por fin
buen uso de su estoque

A través del pequeño agujero de aquella
piedra, Jared vio a los trasgos. Eran cinco y todos tenían cara de rana y los ojos completamente blancos, sin pupila. Sus orejas, puntiagudas como las de los gatos, pero sin pelo, sobresalían por encima de su cabeza. Su irregular dentadura estaba formada por trozos de vidrio y chatarra. Sus cuerpos verdosos e hinchados se movían ágilmente sobre el césped. Uno de ellos llevaba un saco manchado, y los demás olisqueaban el aire como perros

mientras se acercaban a la cochera. Jared se apartó tan bruscamente de la ventana que por poco tropieza con un balde viejo.

—Están ahí fuera, y vienen hacia aquí —susurró Jared, agachándose.

Mallory empuñó su florete con tanta fuerza que los nudillos se le pusieron blancos.

—¿Y Simon?

—No lo he visto.

Su hermana estiró el cuello y echó un vistazo al exterior.

—Pues yo no veo nada —dijo.

Jared se acuclilló agarrando la piedra con firmeza. Oía los gruñidos y pisadas de los trasgos que se aproximaban. No se atrevía a mirar de nuevo a través de la piedra.

Entonces sonó un chasquido de madera vieja.

Una piedra golpeó una de las ventanas.

—Ya vienen —dijo Jared.

—¿Que ya vienen? —replicó Mallory—. A mí me parece que ya están aquí.

Algo se puso a arañar la pared de la cochera y se oyeron rugidos debajo de la ventana. A

Jared se le hizo un nudo en el estómago. No podía moverse.

—Tenemos que hacer algo —musitó.

—Tendremos que echar a correr hacia la casa —respondió Mallory, también en un susurro.

—No podemos —repuso Jared. No podía borrar de su mente la imagen de los dientes y las garras afilados de los trasgos.

—Un par de tablones más y estarán dentro.

Jared asintió con la cabeza, atontado.

—A la cuenta de tres —le indicó Mallory—. Una... dos... y ¡tres! ¡Vamos!

Abrió la puerta y los dos se lanzaron a toda velocidad en dirección a la casa.

Jared no tenía tiempo de usar la piedra; sólo corría. Unas garras se le engancharon en la ropa. Él pudo soltarse y siguió corriendo.

Mallory era más rápida. Casi había llegado a la puerta de la casa cuando un trasgo asió con fuerza la camisa de Jared por detrás y le dio un tirón. El chico cayó de bruces sobre la hierba. Hundió los dedos en la tierra, tratando de aferrarse al suelo, pero algo tiraba de él hacia atrás.

Profirió un grito.

Mallory se volvió. En vez de entrar en la casa, arrancó a correr hacia su hermano. Aún empuñaba su espada de esgrima, pero no tenía manera de saber a qué se enfrentaba.

—¡No, Mallory! —gritó Jared—¡Aléjate!

TRASGO

Pero algo tiraba de él hacia atrás.

Al menos un trasgo debió de adelantarlo, porque vio que el brazo de Mallory daba una sacudida y ella soltó un chillido. Aparecieron unos surcos rojos allí donde algo la había arañado. Ella giró y atacó con el estoque, hendiendo el aire. Al parecer no había acertado a ningún trasgo. Blandió la espada trazando un arco, pero sin resultado.

Jared lanzó una patada con fuerza y golpeó algo sólido. Notó que la mano que lo sujetaba disminuía la presión y aprovechó para escapar. Gateó a toda prisa hacia donde se encontraba Mallory, se llevó la piedra al ojo y miró a través de ella.

—¡Enemigo a las seis! —gritó, y Mallory asestó una estocada en esa dirección. Alcanzó en la oreja a un trasgo, que aulló de dolor. Aunque el estoque de esgrima no tiene punta, duele que te peguen con uno.

—Más bajos, son más bajos. —Jared logró ponerse en pie y colocar su espalda contra la de Mallory. Los cinco trasgos los rodeaban.

Uno arremetió desde la derecha.

—¡Enemigo a las tres! —anunció Jared.

Mallory tumbó fácilmente al trasgo.

—¡A las doce! ¡A las nueve! ¡A las siete! —Los trasgos acometieron a la vez, y Jared dudaba de que Mallory fuese a poder con todos. Levantó el cuaderno de campo y golpeó con todas sus fuerzas al trasgo más cercano.

¡Paf! El trasgo se tambaleó hacia atrás. Mallory había derribado a dos más con fuertes mandobles. Ahora se movían en semicírculo con mayor cautela, haciendo rechinar los dientes de vidrio y metal.

Entonces sonó una extraña llamada, a medio camino entre un ladrido y un silbido.

Al oírla, los trasgos se retiraron uno a uno y se internaron en el bosque.

Los cinco tragos los rodeaban.

Jared se dejó caer sobre la hierba. Le dolía un costado y estaba sin resuello.

—Se han ido —dijo, alargándole la piedra a Mallory—. Mira.

Mallory se sentó a su lado y se puso la piedra delante del ojo.

—No veo nada, pero hace un momento tampoco veía nada.

—Es posible que vuelvan. —Jared se colocó boca abajo y abrió el cuaderno. Lo hojeó por unos instantes hasta encontrar lo que buscaba—. Fíjate en esto.

—«Los trasgos van de un lado a otro en bandas errantes, buscando bronca» —leyó Mallory—. Y escucha esto, Jared: «La desaparición de perros y gatos indica la presencia de trasgos en la zona.»

Se miraron.

—*Tibbs* —dijo Jared con un estremecimiento.

—«Los trasgos nacen sin dientes —siguió leyendo Mallory—, por lo que buscan sucedáneos como colmillos de animales, piedras afiladas, trozos de metal o de vidrio.»

—Pero no explica cómo detenerlos —dijo Jared—, ni adónde pueden haberse llevado a Simon.

Mallory no levantó la vista de la página.

Jared intentó no pensar en los motivos por los que los trasgos se habían llevado a Simon. Tenía bastante claro lo que les hacían a perros y gatos, pero se resistía a creer que su hermano podía... acabar devorado por ellos. Contempló los horribles dientes que mostraba el dibujo.

Seguro que no. Seguro que habría alguna otra explicación.

Mallory respiró profundamente y señaló la ilustración.

—Pronto oscurecerá, y, con esos ojos, probablemente verán de noche mejor que nosotros.

Era una observación sensata. Jared decidió hacer en el cuaderno una anotación al respecto cuando hubiesen rescatado a Simon. Se quitó el anteojo y colocó la piedra en su sitio, pero las abrazaderas estaban demasiado flojas para sujetarla.

—No va bien —dijo Jared.

—Tienes que ajustarla —indicó Mallory—. Necesitamos un destornillador o algo así.

Jared se sacó una navaja del bolsillo trasero del pantalón. Tenía un destornillador, una hoja pequeña, una lupa, una lima, tijeras y un hueco en el que se había alojado un mondadientes. Con mucho cuidado, atornilló las abrazaderas y encajó la piedra en su lugar.

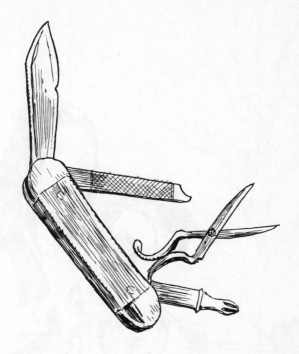

—A ver, déjame atarte eso a la cabeza.
—Mallory tensó las tiras de cuero hasta que
el aparato quedó firme. Jared tenía que en-
trecerrar el ojo para ver bien, pero ahora le
quedaban las dos manos libres—. Ten —dijo

Había llegado el momento de encontrar a Simon.

Mallory, entregándole un estoque de práctica. No terminaba en punta, así que Jared no estaba muy seguro de que pudiese hacer mucho daño con él.

Aun así, se sentía más seguro armado. Guardó el cuaderno en una mochila y, espada en mano, echó a andar colina abajo hacia el oscuro bosque.

Había llegado el momento de encontrar a Simon.

El aire allí era distinto.

Capítulo cuatro

Donde Jared y Mallory encuentran muchas cosas, pero no lo que buscan

Al adentrarse en el bosque, Jared sintió un escalofrío. El aire allí era distinto, olía a verdor y a tierra húmeda, pero la luz era muy débil. Pasaron por entre tallos enmarañados de balsaminas y árboles delgados recubiertos de hiedra. En algún lugar por encima de ellos un pájaro comenzó a graznar, con chillidos tan estridentes como una alarma. Bajo sus pies notaban una espesa alfombra de musgo. Las ramitas crujían a su paso, y Jared oía el rumor lejano de un riachuelo.

Algo de color marrón surcó el aire como una exhalación. Era un búho, que se posó en una rama baja. La cabeza se inclinó hacia ellos cuando dio el primer bocado al ratón que sujetaba entre las garras.

Mallory se abrió paso a través de unos arbustos, seguida por Jared, y varios abrojos se les engancharon en el pelo y la ropa. Rodearon sigilosamente el tronco pútrido de un árbol caído en el que pululaban numerosas hormigas negras.

Jared veía las cosas un poco distintas a través de la piedra. Todo parecía más luminoso y nítido. Pero había algo más. Había cosas que se movían en la hierba y en los árboles, cosas que no veía con claridad pero que nunca antes había percibido; caras en la corteza y en la roca que sólo atisbaba por un instante, como si el bosque entero estuviese vivo.

—Por ahí. —Mallory palpó una rama rota y

apuntó con el dedo a varios helechos pisotea-
dos—. Han pasado por ahí.

Siguieron el rastro de maleza aplastada y ramas quebradas hasta que llegaron a un arroyo.
Para entonces, el bosque se había sumido aún
más en la oscuridad, y los sonidos del crepúscu-
lo habían aumentado. Una nube de mosquitos
los rodeó por un momento antes de alejarse vo-
lando hacia el agua.

—Y ahora ¿qué hacemos? —preguntó Mallory—. ¿Ves algo?

Jared miró a través de la piedra achicando los
ojos y sacudió la cabeza.

—Sigamos el curso del arroyo. El rastro tiene
que continuar por algún sitio.

Avanzaron entre la arboleda.

—Mallory —susurró Jared señalando un
gigantesco roble. Unas criaturas diminutas,
verdes y marrones, estaban posadas sobre una
rama. Sus alas parecían hojas, pero tenían un

rostro de aspecto casi humano. En lugar de cabello, les crecían flores y hierba en la minúscula cabeza.

—¿Qué estás mirando? —Mallory alzó el estoque y retrocedió dos pasos.

Jared sacudió la cabeza lentamente.

—Espíritus del bosque, creo.

—¿Por qué pones esa cara de tonto?

—Es que son tan... —No podía expresar el sobrecogimiento que sentía al entrever aquel mundo oculto. Extendió la mano con la palma hacia arriba y observó fascinado que uno se le posaba en el dedo. Los piececitos le hacían cosquillas mientras aquel ser fantástico lo miraba parpadeando con sus ojos negros.

—¡Jared! —dijo Mallory, impaciente.

Al oír su voz, el espíritu se elevó en el aire. Jared siguió su vuelo con la vista mientras ascendía en espiral hasta las hojas que colgaban en lo alto.

La luz que se filtraba por entre el follaje se tiñó de naranja. Más adelante, el arroyo se ensanchaba al pasar por debajo de las ruinas de un puente de piedra.

Jared notó un picor en la piel cuando se acer-

Uno se le posaba en el dedo.

REMOLQUE DE COCHE DE BOMBEROS.

beros de Erie

La historia de su transformación: desde un cuerpo de voluntarios a una brigada retribuida.

Ateneos a cualquier emergencia – Los nombres de todos sus jefes, desde el pasado hasta la actualidad.

THEODORE SPIDERWICK, 10 años

Niño perdido

LAS AUTORIDADES CONFIRMAN SU MUERTE POR EL ATAQUE DE UN OSO

asta 1826 los ciudadanos de Erie no gozaban de ninguna protección contra el fuego. En febrero de ese año se fundó una compañía «activa», en la que se enrolaron casi todos los hombres capaces del lugar, y R. S. Reed fue el primer jefe de unos bomberos que todavía utilizaban los cubos como herramienta principal. La primera manguera, comprada al departamento de bomberos de Pittsburg, no se adquirió hasta 1830, y siguió utilizándose durante unos cuantos años. En 1837 se formó una brigada rival, a la que llamaron «los chaquetas coloradas». En 1839 se formaron dos brigadas más, y otra más en 1844, hasta llegar a una organización contra los incendios oficial, formada en 1851, aunque hasta diez años más tarde no se contó con medios automóviles. A medida que crecía la población y que los fuegos se hacían más frecuentes, surgió un clamor popular que exigía una organización más eficiente del departamento de bomberos.

En la actualidad, Erie cuenta con uno de los cuerpos de bomberos mejor organizados y más disciplinados de todo

Continúa en la página 19.

l departamento de policía de Springfield ha confirmado que el niño Theodore Spiderwick, de diez años de edad y del que no se tenían noticias desde el pasado jueves por la noche, es una víctima más de los ataques de oso que hasta el momento han costado la vida a otros tres niños.

El hermano menor de Theodore, Arthur, de 8 años de edad, fue testigo del ataque y afirmaba que el oso medía por lo menos siete pies de altura, que tenía grandes garras y que en su aspecto se asemejaba a un trol.

Sobre este asunto, el oficial K. L. Lewis afirmó que el chico debía estar bajo los efectos de la gran impresión que le había producido el ataque, y que la imaginación podía haberle jugado una mala pasada dadas las circunstancias de la desaparición de su hermano mayor.

El oficial Lewis comentó también que la comunidad debe mantenerse alerta ante cualquier ataque y preparada para

Continúa en la página 19.

Recorte de un diario de Pensilvania que daba noticia de la «desaparición» del hermano mayor de Arthur Spiderwick, Theodore, en 1885. Encontrado entre los papeles de Arthur Spiderwick.

caron al puente, pero no había el menor rastro de los trasgos. El riachuelo medía casi cuatro metros de ancho en ese punto, y hacia el centro había una zona oscura en el agua que parecía indicar una gran profundidad.

Jared oyó a lo lejos un chirrido que sonaba como el roce del metal.

Mallory se detuvo e irguió la cabeza, escrutando la orilla opuesta.

—¿Has oído eso?

—¿Tú crees que podría ser Simon? —preguntó Jared. Esperaba que no se tratase de su hermano. No era un sonido humano.

—No lo sé —respondió Mallory—, pero sea lo que sea, tiene algo que ver con esos trasgos. ¡Vamos! —Acto seguido, Mallory pegó un brinco en dirección al sitio de donde provenía el grito.

—No te metas ahí, Mallory —le advirtió Jared—. Es demasiado hondo.

—No seas cobardica —repuso ella introduciendo los pies en el arroyo. Dio dos zancadas largas y se hundió como si hubiese caído por el borde de un barranco. Su cabeza desapareció en el agua de color verde turbio.

Jared se lanzó hacia delante. Dejó caer el estoque en la orilla y metió la mano en el agua helada. Su hermana salió a la superficie, tosiendo y escupiendo agua. Intentó asir el brazo de Jared.

Él había conseguido arrastrarla a medio camino de la orilla cuando algo empezó a emerger detrás de ella. Al principio parecía que una colina pedregosa y cubierta de musgo estaba brotando del agua. Después apareció una cabeza, del color verde intenso de la hierba de río podrida, con ojos pequeños y negruzcos, una nariz nudosa como una rama y una boca llena de dientes resquebrajados. Tenía dedos largos como raíces y uñas enne-

Algo empezó a emerger.

TROL

grecidas por el cieno. Jared aspiró el hedor del fondo de la charca, hecho de hojas pútridas y un barro muy, muy viejo.

Jared pegó un alarido. Su mente se quedó totalmente en blanco. No podía moverse.

Mallory salió a gatas del río y echó un vistazo por encima del hombro.

—¿Qué pasa? ¿Qué es lo que ves?

En cuanto percibió su voz, Jared se puso en movimiento y se alejó del arroyo, rígido, tambaleándose, arrastrándola a ella también.

—Un trol —dijo Jared con un grito ahogado.

La criatura se abalanzó hacia ellos. Sus

largos dedos se deslizaban sobre la hierba, a unos pasos de donde se encontraban.

El trol soltó un aullido y Jared dirigió la mirada hacia atrás, pero no alcanzó a ver qué había ocurrido. Se precipitó hacia ellos de nuevo, pero se apartó de golpe cuando un rayo de luz tocó uno de sus prolongados dedos. El monstruo profirió un bramido.

—El sol —señaló Jared—. Se ha quemado con la luz del sol.

—No queda mucha —observó Mallory—. Vámonos de aquí.

—Esperaaaaad —susurró el monstruo en un tono meloso, clavando en ellos sus ojos negros—. Regresaaaad. Tengo algo para vosooooootros. —El trol extendió el brazo con el puño cerrado, como si ocultase algo en la palma.

—Vamos, Jared —insistió Mallory con un deje suplicante en la voz—. No veo la cosa con la que hablas.

—¿Has visto a mi hermano? —preguntó Jared.

—Tal veeeez. He oído algo hace un raaaa-ato, pero había demasiaaaada luz; no he podido verlo.

—¡Era él! ¿Por dónde han ido?

La cabeza se volvió hacia los restos del puente y luego hacia Jared.

—Acéeeeercate y te lo diré.

—Ni hablar —repuso Jared reculando un paso.

—Ven a recuperaaaar tu espaaaaaada. —El trol hizo un gesto en dirección al estoque que Jared había dejado atrás, en la orilla del arroyo. Dirigió la vista a su hermana. También tenía las manos vacías. Su espada debía de estar en el fondo de la charca.

Mallory dio medio paso adelante.

—¡Maldición! Ésa es la única arma que tenemos.

—Veniiiiid a por eeeeella. Yo cerraré los oooooojos si así os sentís más seguuuuros. —Y se tapó los párpados con una mano descomunal.

Mallory miró la espada que yacía sobre la hierba. Fijó la vista en ella de una manera que puso muy nervioso a Jared. Su hermana estaba planteándose la posibilidad de intentar recuperarla.

—Ni siquiera puedes ver a esa cosa —musitó Jared—. Vámonos.

—Pero la espada...

Jared se desató el anteojo y se lo pasó a ella. El rostro de Mallory palideció al ver aquel enorme ser que los espiaba a través de la separación entre sus dedos, aprisionado únicamente por las zonas de luz, una luz que empezaba a extinguirse.

—¡Vámonos! —lo apremió ella con voz trémula.

—Nooooo —les gritó el trol—. Volveeeed. Si

queréis me doooy la vueeeelta. Contaré hasta dieeeeez. No haré traaaaampa. Volveeeed.

Jared y Mallory corrieron por el bosque hasta que encontraron una zona iluminada donde tomarse un respiro. Se apoyaron contra el grueso tronco de un roble para intentar recuperar el aliento. Mallory temblaba. Jared, sin saber si era porque estaba mojada o por la impresión de ver al trol, se sacó la chaqueta para que ella se abrigara.

—Estamos perdidos —dijo Mallory entre jadeos—, y desarmados.

—Sabemos que no pueden haber cruzado el arroyo —dijo Jared, batallando por ceñirse de nuevo el anteojo a la cabeza—. Habrían caído en las garras del trol, seguro.

—Pero el sonido venía del otro lado. —Mallory asestó un puntapié a un árbol, con lo que desprendió un trozo de corteza.

Jared percibió un olor a quemado. Era muy tenue, pero le recordó el hedor del pelo chamuscado.

—¿Hueles eso? —preguntó Jared.

—Por ahí —indicó Mallory.

Se abrieron paso a toda prisa por entre la maleza, sin prestar atención a los arañazos que ramitas y espinas les hacían en los brazos. Jared no pensaba más que en dos cosas: su hermano y el fuego.

—Fíjate en esto. —Mallory se detuvo de repente. Se agachó y recogió de la hierba un zapato marrón.

—Es de Simon.

—Lo sé —contestó Mallory. Le dio la vuelta, pero Jared no obtuvo más pistas que el barro de la suela.

Recogió de la hierba un zapato marrón.

—¿Tú crees que está...? —Jared no pudo completar la frase.

—¡No, claro que no! —exclamó Mallory.

Jared asintió con la cabeza lentamente, dejándose convencer por la vehemencia de su hermana.

Un poco más adelante, la arboleda se hacía menos densa. Llegaron a una carretera. El asfalto negro se extendía hasta el lejano horizonte. Detrás de todo, el sol se ponía con un resplandor purpúreo y anaranjado.

Allí, a lo lejos, en el arcén, un grupo de trasgos se apiñaban en torno a una hoguera.

Siniestras campanillas.

Capítulo cinco

Donde se descubre el destino
del gato perdido

Zigzagueando entre los árboles, Jared y Mallory se acercaron al campamento de los trasgos. Había trozos de vidrio y huesos roídos desperdigados por el suelo. En lo alto de los árboles vislumbraron unas jaulas pequeñas hechas con espino, plásticos y otros desperdicios entretejidos. Latas de refresco aplastadas colgaban de las ramas y entrechocaban como siniestras campanillas.

Había diez trasgos sentados alrededor de la fogata. El cuerpo ennegrecido de algo que se pa-

«Pilla un gato, pilla un perro.»

recía mucho a un gato giraba ensartado en un palo. De vez en cuando uno de los trasgos se inclinaba para lamer la carne carbonizada, y el que daba vueltas al espetón le soltaba un ladrido, que servía de inicio a un ensordecedor concierto de ladridos.

Varios de ellos entonaron una canción. Jared se estremeció al oír la letra.

¡Tralará tralalero!
Pilla un gato, pilla un perro,
arráncale todo el cuero
y dale vueltas sobre el fuego.
¡Tralará, tralalero!

Los automóviles pasaban de largo, ajenos a lo que ocurría. Jared, que no lograba distinguir a sus ocupantes, pensó que quizás incluso su madre conducía por ahí en ese momento.

—¿Cuántos son? —murmuró Mallory, empuñando una rama pesada.

—Diez —respondió Jared—. No veo a Simon. Debe de estar en una de esas jaulas.

—¿Estás seguro? —Mallory miró hacia donde se encontraban los trasgos, aguzando la vista—. Dame esa cosa.

—Ahora no —replicó Jared.

Avanzaron despacio entre los árboles buscando una jaula en la que cupiese Simon. Delante de ellos, algo emitió un chillido agudo y penetrante. Se aproximaron con sigilo al borde del bosque.

Al otro lado del campamento de los trasgos, junto a la carretera, yacía un animal. Era del tamaño de un coche, aunque estaba acurrucado, tenía cabeza de halcón y cuerpo de león, y el costado ensangrentado.

—¿Qué ves?

—Un grifo —dijo Jared—. Está herido.

—¿Qué es un grifo?

—Es una especie de pájaro, una especie de...

Oh, no importa. Tú mantente alejada de él y ya está.

Mallory suspiró y se internó aún más en el bosque.

—Mira —señaló—. ¿Qué opinas de ésas?

Jared levantó la vista. Algunas de las jaulas altas eran más grandes, y le pareció divisar una forma humana dentro de una de ellas. ¡Simon!

—Puedo trepar hasta ahí —dijo Jared.

Mallory hizo un gesto afirmativo con la cabeza.

—Date prisa.

Jared metió el pie en un hueco de la corteza y se aupó hasta la primera ramificación. A continuación se encaramó a la rama de la que colgaban las jaulas pequeñas y comenzó a reptar a lo largo de ella. Si se ponía de pie, le sería posible echar un vistazo al interior de las más altas.

Conforme avanzaba, Jared no pudo evitar

mirar abajo. En las jaulas inferiores vio ardillas, gatos y pájaros encerrados. Unos lanzaban zarpazos y dentelladas a los barrotes, mientras otros permanecían muy quietos. Algunas jaulas no contenían más que huesos. Todas estaban recubiertas de hojas que se asemejaban sospechosamente a la hiedra venenosa.

—Eh, pasmarote, aquí. Déjame salir.

La voz sorprendió tanto a Jared que por poco se cae de la rama. Procedía de una de las jaulas grandes.

—¿Quién eres? —susurró Jared.

—Cerdonio. Y ahora, ¿por qué no abres esa puerta?

Jared vio la cara de rana de otro trasgo, pero éste tenía ojos gatunos y amarillos. Iba vestido, y su dentadura no se componía de trozos de vidrio y metal, sino de algo parecido a dientes de bebé. Un escalofrío recorrió a Jared.

—Me parece que no —dijo Jared—. Por

mí puedes pudrirte ahí dentro. No pienso dejarte salir.

—No seas aguafiestas, lechuguino. Si ahora pego un grito, esos tipos te convertirán en su postre.

—Seguro que gritas muy a menudo —replicó Jared—. Seguro que no creen una palabra de lo que dices.

—¡EH! ¡MIRAD...!

Jared asió un extremo de la jaula y le propinó un empujón. Cerdonio guardó silencio. Abajo, los trasgos se abofeteaban unos a otros y se disputaban los bocados de carne de gato, aparentemente ajenos al barullo que reinaba en el árbol.

—Vale, vale —cedió Jared.

—Bien. ¡Sácame de aquí! —le exigió el trasgo.

—He de encontrar a mi hermano. Dime dónde está y te dejaré salir.

—Ni hablar, pompis de caramelo. Debes de creer que soy más tonto que un puñado de lombrices. O me sacas de aquí o gritaré de nuevo.

—¡Jared! —La voz de Simon lo llamaba desde una de las jaulas que colgaban cerca de la punta de la rama—. ¡Estoy aquí!

—¡Voy! —respondió Jared, encaminándose hacia allí.

—Abre esa puerta o chillaré —lo amenazó el trasgo.

Jared respiró hondo.

—No vas a chillar. Si chillas, me capturarán, y entonces nadie podrá liberarte. Sacaré a mi hermano primero, pero volveré a por ti.

Jared se alejó por la rama, aliviado al comprobar que el trasgo guardaba silencio.

«¿Estás bien?»

Simon estaba encajonado en una jaula demasiado pequeña para él. Tenía las piernas dobladas contra el pecho, y los dedos de un pie sobresalían entre los barrotes. Tenía los brazos arañados por las espinas de la jaula.

—¿Estás bien? —le preguntó Jared, sacando la navaja de su mochila y serrando las nudosas enredaderas.

—Sí —contestó Simon, con sólo un ligero temblor en la voz.

Jared deseaba preguntarle si había encontrado a *Tibbs*, pero temía la respuesta.

—Lo siento —dijo al fin—. Debí ayudarte a buscar el gato.

—No pasa nada —le aseguró Simon, y se escabulló por el resquicio que Jared había logrado abrir tirando de la puerta—, pero debes saber que...

—¡Cara de tortuga! ¡Niño! ¡Basta de cháchara! ¡Déjame salir! —bramó el trasgo.

—Vamos —dijo Jared—. Le he prometido que lo ayudaría.

Simon siguió a su hermano gemelo a lo largo de la rama en dirección a la jaula de Cerdonio.

—¿Qué hay ahí dentro?

—Un trasgo, creo.

—¡Un trasgo! —exclamó Simon—. ¿Te has vuelto loco?

—Puedo escupirte en el ojo —se ofreció Cerdonio.

—Qué asco —dijo Simon—. No, gracias.

—De ese modo te daría la Visión, pavitonto. Toma. —Cerdonio se sacó un pañuelo del bolsillo y escupió en él—. Frótate los ojos con esto.

Jared titubeó. ¿Se podía confiar en un trasgo? Por otro lado, si Cerdonio hacía algo malo, se quedaría encerrado para siempre en la jaula, pues Simon no lo dejaría salir.

Se quitó el anteojo y se restregó el trozo de

tela sucio en los ojos. Esto le produjo cierto escozor.

—Puaj. Eso es lo más asqueroso que he visto —comentó Simon.

Jared parpadeó y echó un vistazo a los trasgos que circundaban la hoguera. Los veía sin necesidad de ponerse la piedra.

—¡Simon, funciona!

Simon observó el pañuelo con escepticismo, pero luego se frotó los ojos a su vez con el escupitajo del trasgo.

—Hemos hecho un trato, ¿no? Sácame de aquí —reclamó Cerdonio.

—Primero cuéntame por qué estás ahí dentro —dijo Jared. Darles el pañuelo había sido un gesto amable, pero podía tratarse de una trampa.

—Para ser un petimetre no tienes pico de pollo —gruñó el trasgo—. Me metieron aquí por liberar a una gata. Me gustan los gatos, ¿sabes? No sólo porque son sabrosos (y lo son mucho, no lo dudes). Pero tienen ojos que se parecen un montón a los míos, y esa gata era muy pequeñita. Apenas tenía carne en los huesos. Además, daba unos maullidos de lo más tiernos... —El trasgo estaba abstraído en sus recuerdos, pero de repente miró de nuevo a Jared—. Bueno, dejemos eso. Sácame de aquí.

—Pero ¿qué me dices de tus dientes? ¿Comes bebés o algo así? —A Jared no le había tranquilizado mucho la explicación del trasgo.

—¿Qué es esto? ¿Un interrogatorio? —refunfuñó Cerdonio.

—Vale, ahora mismo te dejo salir —dijo Jared, acercándose para cortar los complicados nudos de la jaula—, pero quiero saber lo de tus dientes.

—Bueno, los críos tienen la extraña costumbre de dejar dientes debajo de la almohada, ¿sabes?

—¿Robas los dientes de los niños?

—¡Vamos, panoli, no me digas que crees en el ratoncito Pérez!

Jared manipuló con dificultad las ataduras sin abrir la boca durante un rato. Ya casi había cortado el último nudo.

Y entonces el grifo se puso a aullar. Cuatro de los trasgos lo rodearon blandiendo palos afilados. El animal parecía demasiado débil para erguirse mucho, pero lanzaba picotazos a los trasgos que se acercaban. Entonces alcanzó con su pico de halcón a uno de ellos y lo hirió en el costado. Otro trasgo le clavó el palo al grifo en el lomo, ante los gritos de entusiasmo de los demás.

—¿Qué hacen? —musitó Jared.

—¿A ti qué te parece? —repuso Cerdonio—. Están esperando a que se muera.

—¡Lo están matando! —gritó Simon. Agarró un puñado de hojas y palos del árbol donde estaban y lo arrojó a los trasgos que se encontraban abajo.

—¡Simon, para! —dijo Jared.

—¡Dejadlo en paz, desgraciados! —exclamó Simon—. ¡DEJADLO EN PAZ!

Todos los trasgos levantaron la mirada en ese momento, con destellos verdosos en los ojos.

Tiñó las llamas de un resplandor verdoso.

Capítulo seis

Donde Jared se ve obligado a tomar una decisión difícil

Sácame de aquí! —chilló Cerdonio, y Jared puso rápidamente manos a la obra para cortar el último nudo.

Cerdonio subió a la rama dando saltos, sin hacer caso de los trasgos que, ladrándoles desde abajo, habían empezado a rodear el árbol.

Jared echó una ojeada alrededor en busca de algo que le sirviese de arma, pero sólo tenía su pequeña navaja. Simon estaba desgajando más ramas mientras Cerdonio huía, saltando de árbol en árbol como un mono. Los gemelos se encontraban solos y acorralados. Si hubiesen intentado bajar, los trasgos se les habrían echado encima.

Además, allí abajo, en algún lugar sumido en la penumbra, estaba Mallory, a solas y ciega.

—¿Y los animales de las jaulas? —preguntó Simon.

—¡No hay tiempo!

—¡Eh, lechoncillos! —oyó Jared que gritaba Cerdonio. Se volvió en dirección a la voz, pero Cerdonio no estaba hablándoles a ellos. Bailando alrededor de la hoguera, se metió una gruesa tira de carne de gato quemada en la boca—. ¡Tontainas! —les chilló a los otros trasgos—. ¡Trincapiñones! ¡Zampabodigos! ¡Majagranzas! —Levantó una pierna y orinó sobre la fogata, lo que tiñó las llamas de un resplandor verdoso.

Los trasgos se volvieron de espaldas al árbol y se encaminaron directamente hacia Cerdonio.

—¡Vamos! —dijo Jared—. ¡Ahora!

Simon bajó del árbol lo más rápidamente posible y saltó cuando ya estaba cerca del suelo. Cayó con un golpe sordo, y Jared aterrizó a su lado.

Mallory, sin desprenderse en ningún momento de la rama que seguía sujetando, los abrazó a los dos.

—He oído que los trasgos se acercaban, pero no veía nada —dijo.

—Ponte esto. —Jared le alargó el anteojo.

—Pero si lo necesitas tú... —protestó ella.

—¡Póntelo! —ordenó Jared.

Sorprendentemente, Mallory se lo abrochó en la cabeza sin rechistar.

Echaron a andar hacia el bosque, pero Jared no pudo evitar volverse. Cerdonio estaba rodeado, al igual que el grifo un rato antes.

No podían dejarlo así.

—¡Eh! —voceó—. ¡Mirad! ¡Estamos aquí!

Los trasgos se volvieron y, al divisar a los tres chicos, empezaron a caminar hacia ellos.

Jared, Mallory y Simon arrancaron a correr.

—¿Te has vuelto loco? —chilló Mallory.

—Él nos ha ayudado —respondió Jared. No estaba seguro de que ella lo hubiese oído, pues jadeaba mientras hablaba.

—¿Adónde vamos? —gritó Simon.

—Al arroyo —contestó Jared. Su mente funcionaba a toda velocidad, más rápida que nunca. El trol representaba su única esperanza. Estaba seguro de que podría pararles los pies a diez trasgos sin problemas. De lo que no estaba seguro era de cómo lo evitarían ellos tres.

Si fueran capaces de saltar a la otra orilla, quizá lograrían salvarse. Los trasgos no se imaginarían que había un monstruo en el riachuelo.

Los perseguidores aún iban bastante rezagados. No veían lo que les esperaba más adelante.

Ya casi habían llegado. Jared alcanzaba a vislumbrar el arroyo, pero aún no habían llegado al puente.

Pero entonces vio algo que lo hizo detenerse en seco. El trol estaba fuera del agua, de pie en la orilla, con el brillo de la luna en los ojos y los dientes. Jared calculó que, incluso encorvado, medía más de tres metros de estatura.

—Quéee sueeerte —siseó, extendiendo el brazo hacia ellos.

—Espera —dijo Jared.

La criatura avanzó hacia ellos, con una amplia sonrisa que dejaba al descubierto sus dientes rotos. Estaba claro que no pensaba esperar.

—¿Oyes eso? —le preguntó Jared—. Son trasgos. Diez trasgos gordos. Eso es mucho más que tres niños flacuchos.

El monstruo vaciló. Según el cuaderno, los trols no eran demasiado listos. Jared esperaba que fuera cierto.

Estaba de pie en la orilla.

—Lo único que tienes que hacer es regresar al arroyo, y nosotros te los traeremos. Te lo prometo.

Los negros ojos de la criatura centellearon con gula.

—Ssssí —dijo.

—¡Deprisa! —exclamó Jared—. ¡Ya casi están aquí!

El monstruo se deslizó hacia el agua y se sumergió sin apenas formar ondas en la superficie.

—¿Qué era eso? —preguntó Simon.

Jared estaba temblando, pero no podía permitirse que eso lo frenara.

—Cruzad el arroyo por ahí, donde no es muy hondo. Tenemos que conseguir que nos persigan y se metan en el agua.

—¿Qué te pasa? —preguntó Mallory—. ¿Estás loco?

—¡Por favor! —rogó Jared—. ¡Tienes que confiar en mí!

—¡Tenemos que hacer algo! —dijo Simon.

—Bueno, venga, vamos —dijo al fin Mallory.

Los trasgos salieron en tropel de la arboleda. Jared, Mallory y Simon corrían por el agua poco profunda en zigzag en torno a la charca. El camino más corto para atraparlos pasaba por el medio del riachuelo.

Jared oyó a su espalda el chapoteo de los trasgos, que ladraban enloquecidos. De pronto,

los ladridos se convirtieron en alaridos. Al volverse, Jared vio que algunos de ellos pugnaban por llegar a la orilla. El trol los apresó a todos entre sacudidas y dentelladas y los arrastró a su guarida subacuática.

Jared se estremeció e intentó desviar la mirada. El estómago le dio un vuelco y sintió náuseas.

Simon estaba pálido y parecía un poco mareado.

—Vámonos a casa —dijo Mallory.

Jared asintió con la cabeza.

—No podemos —repuso Simon—. ¿Y todos esos animales?

La luna llena.

Capítulo siete

Donde Simon se supera a sí mismo y encuentra una extraordinaria mascota nueva

Debes de estar bromeando —dijo Mallory cuando Simon le explicó lo que pretendía.

—Morirán si no lo hacemos —insistió Simon—. El grifo se está desangrando.

—¿El grifo también? —preguntó Jared. Lo de los gatos encerrados en las jaulas le parecía comprensible, pero ¿un grifo?

—¿Cómo vamos a ayudar a esa cosa? —quiso saber Mallory—. ¡No somos veterinarios de seres sobrenaturales!

—Debemos intentarlo —aseguró Simon.

Jared tuvo que acceder: se lo debía a Simon. Después de todo, lo había pasado muy mal por su culpa.

—Podemos usar la lona que hay en la cochera.

—Sí —intervino Simon—, y entonces podríamos arrastrar al grifo hasta allí. Hay espacio de sobra.

Mallory puso los ojos en blanco.

—Eso será si nos deja —dijo Jared—. ¿Viste lo que le hizo a ese trasgo?

—Vamos, chicos —suplicó Simon—. Yo solo no puedo tirar de él.

—Vale —cedió ella—, pero no pienso ponerme cerca de su cabeza.

Jared, Simon y Mallory desfilaron hacia la cochera. Aunque la luna llena les proporcionaba luz suficiente para orientarse en el bosque, tomaron precauciones, dando un rodeo al arroyo. En el límite del jardín, Jared vio que las ventanas de la casa estaban iluminadas y que el coche de su madre estaba aparcado en el camino de grava. ¿Estaría preparando ya la cena? ¿Habría llamado a la policía? Jared deseaba entrar y decirle a su madre que estaban todos bien, pero no se atrevía.

—Vamos, Jared. —Simon había abierto la puerta de la cochera y Mallory estaba quitándole la lona al viejo automóvil—. Eh, mirad esto. —Simon agarró una linterna de uno de los estantes y la encendió. Por suerte, ningún haz de luz brilló hasta el otro lado del jardín.

—Se le habrán acabado las pilas —señaló Jared.

—Dejad de jugar —dijo Mallory—. No queremos que nos pillen.

Llevaron la lona a rastras de regreso por el bosque. Ahora andaban mucho más despacio, discutiendo sobre cuál sería el camino más corto.

Jared daba un respingo cada vez que percibía lejanos ruidos nocturnos. Incluso le parecía que el croar de las ranas no presagiaba nada bueno. No podía evitar preguntarse qué más habría oculto en las sombras. Quizás algo peor que los trasgos y los trols. Sacudió la cabeza e intentó convencerse de que era imposible tener tan mala suerte en un solo día.

Cuando por fin dieron con el campamento de los trasgos, Jared se sorprendió al ver a Cerdonio sentado al calor del fuego. Estaba rechupeteando un hueso, y soltó un eructo de satisfacción cuando se acercaron.

—Supongo que estás bien —comentó Jared.

—¿Ésa es forma de hablarle a quien salvó tu pellejo de langostino?

Jared quería protestar —casi los matan por culpa del estúpido trasgo—, pero Mallory le agarró el brazo.

—Ayuda a Simon con los animales —le indicó—. Yo vigilaré al trasgo.

—No soy un trasgo —replicó Cerdonio—. Soy un trasno.

—Lo que tú digas —contestó Mallory, sentándose sobre una roca.

Simon y Jared comenzaron a trepar a los árboles para liberar a los animales de las jaulas. En su mayoría se alejaban corriendo rama abajo o saltaban al suelo, tan temerosos de los niños como de los trasgos. Un gatito se quedó acurrucado al fondo de una jaula, maullando lastimosamente. Jared no sabía qué hacer con él, así que lo metió en el bolsillo de su chaqueta y siguió adelante. No encontró el menor rastro de *Tibbs*.

Cuando Simon vio al gatito, se empeñó en adoptarlo. Jared esperaba que hubiese decidido quedarse con él en vez de con el grifo.

GRIFO

A Jared le pareció que la mirada de Cerdonio se volvía más tierna cuando la posaba en el gatito, pero sospechaba también que podía ser a causa del hambre.

Una vez que las jaulas quedaron vacías, los tres hermanos se acercaron al grifo, que los observaba con recelo, sacando las garras.

Mallory dejó caer el extremo de la lona que sostenía.

—¿Sabéis qué? A veces los animales heridos atacan sin más.

—Pero a veces no —repuso Simon, dirigiéndose hacia el grifo con las manos abiertas—. A veces te dejan que los cuides. Una vez encontré una rata así. Sólo me mordió cuando ya se había recuperado.

—Sólo una panda de pirados se pondría a hacer el tonto con un grifo herido. —Cerdonio partió otro hueso para chupar la médula—. ¿Queréis que os cuide al gato mientras tanto?

—¿Te apetece seguir a tus amigos hasta el fondo del río? —le preguntó Mallory frunciendo el entrecejo.

Jared sonrió. Era bueno tener a Mallory de su lado.

Entonces algo le vino a la mente.

—Ya que estás tan generoso, ¿por qué no le ofreces un poco de saliva de trasgo a mi hermana?

—Es saliva de trasno —puntualizó Cerdonio altivamente.

—Caray, gracias —dijo Mallory—, pero paso.

—No, verás... Te da el don de la Visión. Además, tiene sentido —afirmó Jared—. Es decir, si el agua del baño de un hada funciona, esto también puede funcionar.

—Jamás encontraré las palabras para expresar lo repugnantes que me parecen las dos posibilidades.

—Bueno, si se va a poner así... —Aparen-

temente Cerdonio intentaba hacerse el ofendido.
A Jared no le pareció muy convincente, pues al
mismo tiempo mordisqueaba otro hueso.

—Vamos, Mallory. No puedes llevar una piedra atada a la cabeza todo el tiempo.

—Ésa es tu opinión —replicó ella—. ¿Tienes
al menos una idea de cuánto duran los efectos del
escupitajo?

«*No voy a hacerte daño.*»

En realidad Jared no se lo había planteado. Miró a Cerdonio.

—Hasta que alguien te saque los ojos —respondió éste.

—Vaya, eso es estupendo —comentó Jared, intentando recuperar el control de la conversación.

—Vale, de acuerdo —suspiró Mallory, sacándose el anteojo y poniéndose de rodillas. Cerdonio escupió con gran delectación.

Al levantar la vista, Jared se percató de que Simon ya se había aproximado al grifo. Y estaba acuclillado junto a él, susurrándole.

—Hola, grifo —le decía en el tono más tranquilizador de que era capaz—. No voy a hacerte daño. Sólo queremos ayudar a curarte. Vamos, sé bueno.

El grifo emitió un gañido que sonó como el silbido de una tetera. Simon acarició suavemente sus plumas.

—Ya podéis extender la lona —musitó Simon.

El grifo se irguió ligeramente, abriendo el pico, pero las caricias de Simon lo calmaron, al parecer, y depositó de nuevo la cabeza sobre el asfalto.

Desenrollaron la lona detrás de él.

Simon se arrodilló junto a su cabeza, arrullándolo en voz baja. Daba la impresión de que el grifo lo escuchaba, erizando el plumaje como si los susurros de Simon le hicieran cosquillas.

Mallory se acercó sigilosamente a un lado y, con mucho cuidado, le sujetó las zarpas delanteras, mientras Jared se ocupaba de las traseras.

—Una, dos, tres —contaron por lo bajo, e hicieron rodar al grifo sobre la lona. El animal soltó un graznido y agitó las patas, pero ya se encontraba sobre la lona.

A continuación lo levantaron como pudieron y acometieron la ardua tarea de arrastrarlo hasta la cochera. Pesaba menos de lo que Jared esperaba. Simon aventuró que quizá tenía los huesos huecos, como un pájaro.

—Hasta otra, papatostes —les gritó Cerdonio.

—Sí, adiós, ya nos veremos —se despidió Jared. Casi deseaba que el trasno los acompañara.

Mallory puso los ojos en blanco.

El grifo no disfrutó con el viaje. Como no podían alzarlo en vilo, se vieron obligados a arrastrarlo sobre desniveles y arbustos. Chirriaba y graznaba mientras batía su ala buena. No les quedó otro remedio que detenerse y esperar a que Simon lo tranquilizara antes de continuar andando. El camino se les hizo eterno.

Una vez dentro de la cochera, tuvieron que abrir la puerta doble de atrás y arrastrar al grifo hasta uno de los compartimentos para caballos. El animal se acomodó sobre un viejo montón de paja.

En la cochera.

Simon se puso de rodillas para limpiar las heridas del grifo lo mejor posible, con la única ayuda de la luz de la luna y del agua de la manguera. Jared tomó un balde y lo llenó de agua para el grifo, que bebió agradecido.

Incluso Mallory colaboró. Encontró una manta apolillada con la que tapar al animal. Presentaba un aspecto casi manso, vendado y soñoliento en el interior de la cochera.

A pesar de que Jared opinaba que había sido una locura llevar allí al grifo, tuvo que reconocer que empezaba a sentir un poco de afecto por él. En todo caso, más del que sentía por Cerdonio.

Era ya muy tarde cuando Jared, Simon y Mallory llegaron agotados a la casa. Mallory todavía estaba mojada a causa de su chapuzón en el arroyo, y Simon iba hecho una piltrafa, con desgarrones por todas partes. Jared tenía manchas de hierba en los pantalones y raspones en los codos que se había hecho huyendo por el bosque. A pesar de todo, aún conservaba el libro y

la pieza ocular, Simon llevaba en brazos un gatito de color café con leche y los tres estaban vivos. Desde el punto de vista de Jared, se podía considerar un gran éxito.

Mamá estaba hablando por teléfono cuando entraron. Tenía el rostro arrasado en lágrimas.

—¡Están aquí! —Colgó el aparato y los miró fijamente—. ¿Dónde estabais? Es la una de la madrugada —gritó, apuntando a Mallory con el dedo—. ¿Cómo podéis ser tan irresponsables?

Mallory se volvió hacia Jared. Simon, al otro lado, lo miró también y apretó al gato contra su pecho. De pronto, Jared cayó en la cuenta de que estaban esperando que se le ocurriese una excusa.

—Pues... Había un gato subido a un árbol —empezó a decir Jared. Simon le dedicó una sonrisa de aliento—. Este gato. —Jared señaló al animalito que Simon sostenía—. ¿Sabes? Y Simon trepó al árbol pero el gatito se asustó. Trepó aún más alto y Simon no sabía cómo bajar. Entonces corrí a buscar a Mallory.

—Y yo intenté subir al árbol para ayudarlo a bajar —terció Mallory.

—Exacto —prosiguió Jared—. Ella subió también. Entonces el gato saltó a otro árbol y Simon trepó tras él, pero la rama se rompió y él cayó en un arroyo.

—Pero si no lleva la ropa mojada... —observó mamá con el ceño fruncido.

—Lo que Jared quiere decir es que yo caí en el arroyo —precisó Mallory.

—Y a mí se me cayó el zapato —añadió Simon.

—Sí —asintió Jared—. Entonces Simon atrapó al gato, pero teníamos que bajarlos del árbol sin que el gato lo arañara demasiado.

—Sí, eso nos llevó un buen rato —dijo Simon.

Su madre miró a Jared de un modo extraño, pero no alzó la voz.

—Los tres estáis castigados para el resto del mes. Nada de jugar fuera y nada de pretextos.

Jared abrió la boca para objetar, pero no se le ocurría nada que decir.

Mientras los tres subían en fila escaleras arriba, Jared se disculpó, diciéndole a su hermana en voz baja:

—Lo siento. Supongo que era una excusa de lo más patética.

Mallory sacudió la cabeza.

—No podías decir gran cosa. No ibas a explicarle lo que sucedió en realidad.

—¿De dónde venían esos trasgos? —preguntó Jared—. Al final no hemos averiguado lo que querían.

—El cuaderno —respondió Simon—. Es lo que quería decirte antes. Creían que lo tenía yo.

—Pero ¿cómo...? ¿Cómo saben que lo hemos encontrado?

—No creerás que Dedalete se lo dijo, ¿verdad? —preguntó Mallory.

Jared negó con la cabeza.

—De entrada, nos advirtió que no jugásemos con el libro.

—Entonces ¿cómo...? —suspiró Mallory.

—¿Y si había alguien vigilando la casa, esperando a que encontrásemos el libro?

—Alguien o algo —sugirió Simon, preocupado.

—Pero ¿por qué? —preguntó Jared en voz un poco más alta de lo que pretendía—. ¿Por qué es tan importante ese libro? Es decir... ¿Sabían leer siquiera esos trasgos?

Simon se encogió de hombros.

—No me explicaron por qué. Sencillamente lo querían.

—Dedalete tenía razón. Nos lo advirtió.
—Jared abrió la puerta de la habitación que compartía con su hermano gemelo.

La cama de Simon estaba pulcramente hecha, con las mantas dobladas hacia fuera y la almohada mullida. Sin embargo, la cama de Jared estaba patas arriba. Parte del colchón colgaba sobre el bastidor, con las plumas y el relleno desparramados. Las sábanas estaban hechas jirones.

—¡Dedalete! —exclamó Jared.

—Te lo dije —le reprochó Mallory—. Nunca debiste quitarle la piedra.

Fin del
SEGUNDO LIBRO

Sobre TONY DiTERLIZZI...

Autor de éxito del *New York Times*, Tony DiTerlizzi es el creador de la obra ganadora del premio Zena Sutherland *Ted, Jimmy Zanwow's Out-of-This-World Moon Pie Adventure*, así como de las ilustraciones para los libros de Tony Johnson destinados a lectores noveles. Más recientemente, su cinematográfica versión del clásico de Mary Howitt *The Spider and the Fly* recibió el Caldecott Honor. Por otra parte, los dibujos de Tony han decorado la obra de nombres tan conocidos de la literatura fantástica como J. R. R. Tolkien, Anne McCaffrey, Peter S. Beagle y Greg Bear. Reside con su mujer, Angela, y con su perro, *Goblin*, en Amherst, Massachusetts. Visita a Tony en la Red: *www.di terlizzi.com*.

y sobre HOLLY BLACK

Coleccionista ávida de libros raros sobre folclore, Holly Black pasó sus años de infancia en una decadente casa victoriana en la que su madre le proporcionó una dieta alta en historias de fantasmas y en cuentos de hadas. De este modo, su primera novela, *Tithe: A Modern Faerie Tale* es un guiño de terror y de lo más artístico al mundo de las hadas. Publicado en el otoño de 2002, recibió buenas críticas y una mención de la American Library Association para literatura juvenil. Vive en West Long Branch, New Jersey, con su marido, Theo, y una remarcable colección de animales. Visita a Holly en la red: *www.blackholly.com*.

Tony y Holly continúan trabajando día y noche, lidiando con todo tipo de seres mágicos para ofreceros la historia de los hermanos Grace.

Los fenómenos
se sucederán todavía
en Spiderwick
cuando llegue el día...

EL PHOOKA

Por el bosque
anda esta criatura.
La conocerás, ya verás,
en la próxima aventura.

Y qué me dices del elfo,
alto y adusto.
¿Confías en él?
¿Es de tu gusto?

ELFO

Sigue leyendo
y lo sabrás...

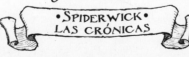

• SPIDERWICK •
LAS CRÓNICAS

AGRADECIMIENTOS

Tony y Holly quieren agradecer
el tino de Steve y Dianna,
la honestidad de Starr,
las ganas de compartir el viaje de Myles y Liza,
la ayuda de Ellen y Julie,
la incansable fe de Kevin en nosotros,
y especialmente la paciencia
de Angela y Theo,
inquebrantable incluso en noches enteras
de interminables discusiones
sobre Spiderwick.

El tipo utilizado para la composición
de este libro es Cochin. La tipografía
de las ilustraciones es Nevis Hand y Rackham.
Las ilustraciones originales son a lápiz y tinta.